AF509613

Imp. Lithgr. de G. Engelmann.

LES AVENTURES

DE SAPHO,

POÈTE DE MYTILÈNE.

TRADUITES DE L'ITALIEN, PAR P. J. B. CH....

QUATRIÈME ÉDITION.

A PARIS,

DE L'IMPRIMERIE DE FIRMIN DIDOT, IMPRIMEUR DU ROI,

DE L'INSTITUT, ET DE LA MARINE, RUE JACOB, N° 24.

1818.

AVERTISSEMENT.

On a publié en italien LES AVENTURES DE SAPHO : cette espèce de poëme en prose semble, par la simplicité de sa marche, se rapprocher de l'antique, et s'en éloigne par les détails. L'auteur a multiplié les répétitions de pensées et de mots, les petites circonstances, les réflexions parasites. Ses images sont quelquefois tracées plutôt d'après l'Arioste que d'après Homère. Nous en donnons une traduction libre, et qui n'est peut-être pas encore assez infidèle.

AVANT-PROPOS

De M. ROMAGNESI, *Auteur des dessins.*

En lisant le poëme italien, intitulé *les Aventures de Sapho*, cet ouvrage m'a paru présenter à l'imagination de l'artiste une suite de sujets du style le plus varié. J'ai pensé qu'un volume qui comprendrait, 1° soixante dessins; 2° l'élégante traduction de M. P. J. B. Ch., revue avec soin; 3° les poésies connues de Sapho, texte grec et français, sorti des presses de M. Firmin Didot, serait de quelque intérêt pour les amateurs. Je me suis donc occupé de ce travail, et je l'offre aujourd'hui au public.

J'ai placé en frontispice le portrait de cette femme illustre, surnommée par les Anciens la *dixième Muse.*

L'iconographie de Visconti m'a fourni une médaille de Sapho, tirée du cabinet de l'empereur d'Autriche, et qui paraît être la seule authentique. Elle représente d'un côté une tête de femme coiffée d'une étoffe unie appelée *mytra*, ornement de la tête des muses et des déesses. Le type du revers est une lyre entourée des lettres ΜΥΤΙ, initiales du mot ΜΥΤΙΛΗΝΑΙΩΝ. En effet, les Mytiléniens avaient gravé la tête de Sapho sur leur monnaie.

J'ai dessiné la médaille antique des deux côtés dans sa proportion exacte et dans sa forme; elle est figurée aux extrémités du frontispice.

Le sujet du dessin de l'introduction est le courroux de Vénus, quoiqu'il n'en soit fait mention que vers la fin du premier livre. A cette fiction se rattachent le nœud de l'action et le merveilleux du poëme. Ces observations ont déterminé mon choix.

La lithographie me donne les moyens d'offrir au public une suite de dessins originaux. Son avantage est de présenter, dans ses procédés, beaucoup plus d'économie que la gravure. C'est d'ailleurs en typographie le premier ouvrage de luxe auquel la lithographie soit appliquée; découverte d'autant plus utile, qu'elle multiplie l'original même des compositions de l'artiste. Cette heureuse invention fera époque dans l'histoire des arts.

Courroux de Venus.

Emue des gémissemens des victimes innocentes, je rompis leurs liens.

Elle tire de son sein un Bouquet, retenu par un ruban.

AVENTURES DE SAPHO.

LIVRE PREMIER.

CHAPITRE PREMIER.

LA MÉTAMORPHOSE DE PHAON.

Sapho naquit à Mytilène, dans l'île de Lesbos. Son père se nommait *Scamandronime*, et sa mère *Cléïs*. C'est l'opinion la plus probable; car autant la réputation de Sapho jette d'éclat, autant son origine présente d'obscurité. A cet égard, les traditions se contrarient, et les auteurs se divisent. Nous avons suivi l'opinion d'Hérodote, comme la plus vraisemblable.

On cessera de s'étonner que la famille d'une femme aussi illustre soit peu connue, en considérant les ténèbres encore plus profondes qui enveloppent la vie d'Homère, dont nous ne connaissons ni la patrie, ni l'état, ni la naissance, ni le siècle; d'Homère, dont les vers furent gravés, non sur un périssable papyrus, mais dans la mémoire de cette foule de rapsodes qui les répétaient de ville en ville aux peuples de la Grèce. On connaît du moins le temps où Sapho vécut. Nous nous rangeons à l'opinion de ceux qui la supposent contemporaine d'Alcée. Cependant, si je n'avais d'autres matériaux pour cet ouvrage que les fragmens épars chez les anciens auteurs, il aurait peu d'étendue ; mais je me félicite d'être arrivé à une source abondante où l'on n'avait point encore puisé, et où ma curiosité s'est pleinement désaltérée.

Le desir de m'instruire m'ayant fait parcourir diverses contrées, je relâchai, dans mes voyages, à Lesbos ; j'y recherchai avidement toutes les traces des souvenirs que laissa cette femme célèbre : c'est là que j'ai recueilli des monumens qui doivent répandre un nouveau jour sur sa vie.

On trouve à Lesbos des inscriptions très-anciennes et des manuscrits dans le premier dialecte de ses habitans, des hymnes que la tradition la plus reculée a conservés dans les montagnes. On chante dans les assemblées ces poëmes sur un mode plaintif. Tels sont les fondemens sur lesquels j'appuie cette narration que je me hâte de commencer, semblable au navigateur qui, arrivant d'une plage inconnue, brûle de raconter ce qu'il a vu de nouveau.

Sapho ne fut pás aussi favorisée par la nature, des charmes du corps que de ceux de l'esprit. Sa figure, sans être belle, paraissait cependant agréable ; son teint était brun, sa stature médiocre ; mais sa physionomie respirait tous les feux de son ame.

Je ne vous arrêterai point sur son enfance, sur cet âge sans intérêt, où le héros paraît confondu avec le commun des hommes. Il suffit d'observer que, dès son aurore, elle reconnut l'empire de la mère d'amour, dont elle devait être un jour l'esclave si misérable. Même au milieu des jeux de l'enfance, elle attachait déja le regard d'une curiosité prématurée sur les statues des jeunes héros. Elle était avide de contempler les athlètes et les lutteurs.

Parvenue à l'âge de l'adolescence, elle dévorait les poëtes érotiques, les récits d'amour ; elle consumait les heures, les

jours dans cette lecture ; son sein palpitait, elle soupirait.
Dans la nuit, des songes enflammés lui retraçaient les tableaux
de ses lectures.

Cependant le moment n'était pas encore venu où l'amour
devait percer ce cœur de la flèche la plus envenimée qui eût
jamais reposé dans son carquois. Elle vivait encore dans une
douce sécurité ; elle ne donnait des pleurs et des soupirs
qu'aux aventures des autres ; elle ne connaissait que la douce
séduction de la poésie et de l'éloquence. Elle ignorait que
bientôt ses propres malheurs arracheraient aux autres des
larmes ; et que, victime de l'amour le plus déplorable, sevrée
à jamais de toutes les douceurs qu'il promet, elle devait épui-
ser, jusqu'à la dernière goutte, tout ce qu'il a d'amertume.

Il y avait à Mytilène un jeune homme nommé Phaon,
maître de plusieurs vaisseaux. Il venait d'atteindre à son
quatrième lustre : rien ne le distinguait encore des jeunes
gens de son âge, ni la force, ni la beauté. Il avait passé de
Lesbos à Chio. Après avoir terminé les affaires de son com-
merce, il se disposait à se rembarquer ; assis sur le rivage,
il attendait un vent favorable. La mer, dans un calme pro-
fond, présentait une glace azurée où se réfléchissait l'horizon
d'un ciel pur. Toutes les voiles étaient déployées ; les nochers
interrogeaient le temps avec inquiétude : ils cherchaient à
découvrir au loin un nuage sombre dans les airs, ou un léger
mouvement sur les flots, indices du vent qui s'élève ; mais leurs
espérances trahies s'évanouissaient au moment qu'elles ve-
naient de naître. Si quelquefois un folâtre zéphyre se jouait
dans les voiles, pleins d'une joyeuse illusion, et poussant des
cris, les matelots couraient détacher l'ancre ; mais bientôt le
souffle décevant du zéphyre capricieux expirait, l'espace immobile n'était plus qu'un désert muet. Fatiguée d'ennui, la

plus grande partie de l'équipage s'était étendue et endormie à l'ombre des voiles.

Phaon, se levant du rivage, chercha la fraîcheur dans une grotte profonde; et, soit pour charmer ses ennuis, soit pour obtenir des vents favorables, il chante une invocation à Neptune et à Thétis. Soudain, semblable à une vapeur imprévue qui s'exhale du sein des mers, se présente à ses regards une femme céleste; il n'a entendu ni le bruit de ses pas, ni celui de sa robe frémissante. Au premier aspect, cette vision lui parut un prestige de l'imagination; mais sortant par degrés de sa rêverie, et considérant cet objet avec des yeux où se peignit d'abord la surprise, et ensuite le plaisir : « Femme charmante, que demandez-vous ? » Et se levant aussitôt avec précipitation : « Daignez vous asseoir dans cette grotte, les rayons brûlans du soleil offenseraient des membres si délicats. » Elle cède, et commence en se penchant vers lui avec un air plein de graces : « Phaon!.... — Eh! qui vous a dit mon nom? Phaon n'est qu'un nocher, obscur habitant de Lesbos; comment ce nom peut-il être prononcé chez l'étranger, et surtout par une bouche aussi belle?— Un jour il sera plus célèbre que vous ne le pensez ; mais qu'il vous suffise en cet instant de connaître mes desirs. Il faut me transporter en Chypre, et sur-le-champ ; si vous avez formé le projet d'aborder à un autre rivage, il faut y renoncer. — Eh! comment vous obéir si promptement? La mer est un crystal immobile. Éole a même enchaîné les zéphyrs. Ah! plutôt restez avec moi dans cette grotte. Et d'ailleurs comment exposer des charmes aussi précieux aux horreurs de la tempête? Pourrez-vous voir sans épouvante les écueils semés sur l'immensité des flots? Pourrez-vous seule vous exposer à une navigation si incommode et si longue ? »

Liv. I. Chap. I.

Imp. Lithogr. de G. Engelmann.

Daignez vous asseoir dans cette grotte.

Vénus fait naître les vents.

Imp: Lithog: de G. Engelmann.

Eh bien les vents sont ils favorables.

La surprise est générale, les travaux sont interrompus.

Ainsi parlait le pilote : il aurait desiré demeurer dans cet
antre auprès d'une si belle compagne, sur le rivage d'une
mer tranquille; il ne songeait plus à braver les flots et la
tempête. Il souhaitait alors que les vents restassent toujours
enchaînés pour n'être pas contraint à lever l'ancre, tant la
douceur de sa situation présente avait détruit ses premiers
vœux. — « Je suis plus accoutumée que vous ne le pensez à
traverser l'empire de Neptune. La nécessité m'appelle en
Chypre; vous accusez le silence des vents; il cesse, les zéphyrs
soufflent et nous guident vers l'île. »

A ces mots elle se lève et sort de la grotte. Phaon la suit,
interdit, le regard fixe, la bouche entr'ouverte, attentif à ses
moindres ordres. Cependant elle se baisse; et ramassant une
poignée de sable, elle la jeta dans les airs : quoique la mer
parût tranquille, et que les feuilles du lierre qui tapissait
l'entrée de la grotte restassent immobiles, le sable, poussé
par un vent impétueux, forma une longue traînée de poussière dirigée vers Chypre. — « Eh bien! les vents sont-ils favorables? » — « Cependant » ajoute Phaon, qui cherche un prétexte de retard, « la voile du vaisseau n'est point agitée. »
— « Le vent s'élève de nouveau. » Elle dit, la voile se déploie
et se gonfle.

Déja l'équipage pousse des cris de joie, et fait signe au
pilote de venir promptement ; alors, ne pouvant différer, il
fait avancer l'inconnue, la place dans le canot : on s'assied, lui
ramant à la poupe, elle en face à la proue; on monte sur le
navire. A l'aspect de l'inconnue, la surprise est générale, les
travaux sont interrompus pour la contempler; mais la pré-
sence du pilote leur commande le respect, et enchaîne leur
curiosité; ils ignorent si elle le suit volontairement, ou comme
une esclave achetée. Phaon fit cesser l'étonnement, en plaçant

l'étrangère à la place d'honneur du vaisseau, et en donnant le signal de lever l'ancre.

Le plus doux et le plus égal des zéphyrs faisait rider l'onde; le pilote au gouvernail chantait, sur un mode harmonieux, l'hymne antique des Argonautes, et dirigeait sa course paisible vers les bords de Chypre. Le soleil précipitait son char dans le sein de l'onde qui semblait s'embraser sous le disque lumineux…. Le jour fuit par degrés; les ténèbres s'étendent sur les flots que caresse un souffle favorable, tout annonce la plus heureuse navigation, et les nochers s'abandonnent au sommeil, à la réserve du pilote et de ceux qui ont soin de la voile. L'obscurité profonde dérobe à Phaon le visage charmant de l'inconnue, il n'aperçoit plus ces yeux dont l'éclat empêchait les siens de se fermer. Il s'endort, tandis que le vaisseau glisse légèrement sur les ondes.

L'Aurore, incertaine encore, ouvrait les portes de l'orient, et s'avançait entre le ciel et la mer, suivie des plus frais zéphyrs, quand tout-à-coup le ciel se couvre de nuages, la mer mugit; chacun s'éveille et court à son poste : on abaisse la voile, et, dans la précipitation, on coupe les cordages. L'équipage en tumulte, et poussant des cris, obéit à Phaon; le vaisseau sans voile cède aux flots : ainsi l'épervier qu'emporte un coup de vent, resserre ses ailes et s'abandonne au tourbillon irrésistible. La pâleur est sur le front de tous les matelots; palpitans d'effroi, ils croyaient voir à chaque instant le vaisseau s'abymer sous les flots qui mugissent alentour; le gouvernail échappe aux mains du pilote par la violence de la tempête. Seule, l'inconnue conservait l'attitude la plus calme. Frappés de sa sérénité, les matelots s'étonnent qu'une jeune fille surpasse en courage des hommes exercés aux périls de la mer. Est-ce intrépidité ou insensibilité? Mais elle, se levant: « Prenez de

Le vent enfle ce voile sur sa tête, elle sourit.

l'assurance, je conduirai la manœuvre. » Elle dit, s'approche
de la proue, détache un voile qui lui servait de ceinture, se
penche, et, le déployant, soutient de la main au-dessus de sa
tête une des extrémités, tandis qu'elle retient l'autre sur ses
genoux. Le vent enfle ce voile, et le courbe en arc élégamment
prolongé; étendue sous ce pavillon mobile, l'inconnue jette
autour d'elle le plus doux regard, et sourit gracieusement.

Le vaisseau, protégé par ce voile plus fortement soutenu
que s'il eût été attaché à une forte antenne, et, sans redouter
désormais ni le choc ni les outrages des flots, vole aussi légèrement sur la surface des ondes, qu'une feuille qui serait
tombée dans le canal d'un ruisseau.

Qui pourrait cependant exprimer la surprise profonde des
nochers. Ils admirent en silence et avec respect celle qu'ils
reconnaissent pour une divinité, à l'empire qu'elle exerce sur
le plus indomptable des élémens.

Déja apparaît le lointain rivage, semblable à un groupe de
nuées sombres élevées sur l'azur des flots: *Terre! terre!* s'écrient
les nochers rassurés qui découvrent les bords de l'île de
Chypre et le port favorable. Cette jeune beauté, sans changer
d'attitude, continue de guider le vaisseau qu'elle pousse, avec
un doux sourire, à travers les ondes écumantes; il entre dans
le port, et repose sur une mer tranquille: on jette l'ancre, on
descend sur l'arène.

Phaon ne pouvant d'abord trouver aucune parole pour
exprimer son émotion et sa surprise : « Qui que vous soyez,
dit-il enfin, ou divinité, ou fille des dieux, la bonté de votre
cœur égale et la supériorité de votre intelligence et la beauté
de votre figure. Vous avez daigné sauver à nos esprits trem-
blans les horreurs du naufrage et d'une mort inévitable. Que
faire, non pour reconnaître un bienfait que son étendue met

au-dessus de la reconnaissance, mais pour prouver seulement que, si l'action d'y répondre n'est pas en notre pouvoir, nous conservons du moins des cœurs pleins de gratitude ? »

« C'est à moi, dit-elle, au contraire, à vous récompenser ; je vous ai détourné de la route que vous deviez tenir. »

Elle tire alors Phaon à l'écart, et lui faisant présent d'un vase d'albâtre : « Recevez le parfum précieux qu'il contient ; et si vous avez reconnu jusqu'ici la vérité de mes paroles, confiez-vous à mes promesses. De retour dans votre patrie, répandez cette essence sur tout votre corps ; vous recueillerez alors le fruit de votre confiance en moi. — O déesse ! daignez au moins m'apprendre votre nom ; que je puisse me vanter d'avoir été votre pilote ? — Je fais les délices et les tourmens des mortels. Source de douleur et d'amertume, je mêle les larmes à mes sourires ; reconnaissez en moi la mère du plus faible et du plus terrible des dieux de l'Olympe. — O langage céleste et incompréhensible, dont je ne puis ni ne dois pénétrer les mystères ! — Tout est connu ; sachez que je suis la mère de l'Amour ! »

Elle dit, et disparaît comme un nuage que chasse le soleil. — « Arrête, ô belle déesse, s'écrie Phaon en se prosternant ; permets-moi de baiser l'albâtre de tes pieds, et tes mains parfumées d'ambroisie. » Sa voix se perd dans les airs : déja la déesse touche au sommet de l'Olympe.

Phaon demeure quelque temps immobile de surprise. De retour au navire, il raconte aux matelots la fuite miraculeuse de la déesse ; mais il se tait sur le dernier bienfait qu'il en a reçu. Tous, remplis d'une crainte religieuse, invoquent Vénus, la supplient de se montrer propice quoiqu'absente ; on tourne aussitôt la proue vers Lesbos. Un vent favorable les y pousse, on rentre dans le port de Mytilène.

Venus se déclare à Phaon.

Reconnaissez en moi la mère du plus faible et du plus terrible des
Dieux de l'Olympe.

Il fait couler l'essence sur tout son corps.

Phaon qui, pendant la traversée, n'avait cessé de méditer sur les propriétés secrètes que renfermait le présent de Vénus, saute le premier sur le rivage, avide de tenter l'expérience, et s'en promettant le plus heureux succès.

Cependant il marche précipitamment vers sa demeure pour embrasser d'abord son vieux père qui l'attendait toujours avec inquiétude. Il ne lui raconta point l'apparition merveilleuse; il se retira dans sa chambre sous prétexte d'y goûter ce repos dont on a besoin après une longue traversée.

Il écarte tout le monde, ferme les portes; et là, déterminé à tout éprouver, partagé entre la crainte de la puissance divine et l'espérance de ses bienfaits, l'œil fixe, la main tremblante, il soulève le couvercle du vase.

Le parfum le plus délicieux s'exhale dans les airs. Celui de la violette même ne saurait lui être comparé, de la violette humide encore des pleurs de l'aurore, et embaumée de l'haleine et des premiers baisers du zéphyre printanier. Enflammé par d'aussi heureux présages, Phaon se dispose à exécuter les ordres de la déesse. Trempant dans le vase un de ses doigts, il en frotte l'autre main, inquiet de l'événement. A peine la liqueur divine a coulé sur cette main brunie par les travaux, qu'elle rivalise par sa blancheur avec le lys le plus frais, elle devient délicate et potelée; il la compare avec l'autre : ce ne sont plus les deux mains du même corps. « Que faire? » dit Phaon surpris d'une si étonnante métamorphose; la beauté excessive de l'une dégénère en difformité. Achevons de tenter l'accomplissement du sort qui m'est promis.

Il dit, quitte ses vêtements; et puisant à pleines mains dans le vase, il répand la liqueur sur sa poitrine. Le même prodige excite sa surprise, la certitude remplace l'espérance: il fait couler l'essence sur tout son corps. Qui pourrait exprimer le ravissement de Phaon, lorsqu'il vit naître par degrés sous ses mains toutes les formes et toutes les graces de la plus brillante jeunesse, lorsqu'il vit ses traits s'embellir! Ses yeux se portent alors sur un miroir de métal poli qui réfléchit son image; nouveau Narcisse, il ne peut se lasser de la contempler...

Revenu de son étonnement, Phaon adresse ses prières à Vénus, et la remercie d'avoir ajouté l'effet aux promesses; mais, impatient de faire éclater son bonheur, et de jouir à son tour, près des autres, de la surprise qu'il avait éprouvée, il tire d'un coffre ses plus brillants vêtements, et vient se présenter à son père avec une assurance pleine de graces.

Celui-ci ne l'aurait point reconnu, s'il n'eût entendu sa voix et appris de lui-même toutes les particularités d'une aussi extraordinaire aventure. C'est aux pères que je laisse à juger quelle dut être la joie qu'éprouva celui de Phaon, en voyant que les dieux mêmes, dans leur sublime intelligence, avaient pris plaisir à embellir de leurs dons le fils qu'il chérissait. Le vieux pilote ne pouvait en détacher ses yeux; et ce qui redoublait son admiration, c'est qu'en observant attentivement les traits de Phaon, il en retrouvait le premier caractère, mais perfectionné: il regardait comme la plus grande faveur des dieux, de lui présenter dans la beauté de son fils quelques souvenirs de sa première physionomie.

Phaon se présente à son père.

Celui ci ne l'aurait point reconnu s'il n'eut entendu sa voix.

Lith. de G. Engelmann

CHAPITRE II.

FÉTE DE MYTILÈNE.

Sapho était arrivée à cet âge où l'on dissimule mal les premiers besoins de l'amour. Ainsi, à la naissance du printemps, on voit la rose entr'ouvrir son calice, et épanouir ses feuilles sous les perles de la rosée. Comme toutes les jeunes filles, Sapho s'empressait de se montrer aux combats des athlètes, aux fêtes des dieux, aux assemblées publiques. A l'aspect des jeunes gens, elle éprouvait un sentiment obscur et indéterminé, ouvrage de ses sens prêts à s'enflammer. Semblable à l'abeille errante sur les fleurs, son caprice léger voltige d'objets en objets. Quoiqu'elle n'attire point par les charmes de la figure, elle captive par les graces de l'esprit; et la passion qu'elle inspire est d'autant plus profonde, que cette passion ne prend point sa source dans des attraits périssables.

Elle avait déja soumis plus d'un cœur; mais, plus jalouse de plaire que d'être aimée, elle donnait des fers qu'elle ne partageait point. Elle ne s'imaginait pas alors qu'un jour viendrait où l'amour la ferait fléchir sous un joug impérieux...

Déja la beauté de Phaon ne charmait plus seulement Mytilène; le bruit s'en était répandu dans toute l'île de Lesbos et au-delà des mers. Semblable à une jacinthe superbe qui domine sur le vulgaire des fleurs, s'il effaçait les autres jeunes gens par ses graces, il l'emportait encore sur eux, dans tous les exercices, en force et en agilité: il n'y avait point d'athlète plus robuste, de coureur plus léger, de lutteur plus adroit, de conducteur de char plus habile. Ses émules, en le voyant, éprouvaient de l'envie, les femmes de l'amour, les hommes de l'admiration.

Sapho entendait souvent parler de ce prodige, elle n'en persistait pas moins à se vanter de son indifférence : « Je ne serai jamais l'esclave de l'amour ; que d'autres soient assez faibles pour porter ses fers ! »

Elle était loin de penser alors que la flèche mortelle dont elle devait sentir l'atteinte, dût partir des yeux de Phaon. Elle songeait dans son orgueil aux victimes de la passion qu'elle inspirait, et allait jusqu'à croire qu'elle triompherait aisément du jeune Lesbien, s'il s'offrait une occasion de lui adresser la parole.

Chaque année Mytilène célèbre, à la nouvelle lune du mois hécatombéon, les fêtes de Minerve. Aux sacrifices, aux cérémonies, à la pompe religieuse, succèdent les jeux athlétiques, les exercices du gymnase. On y propose des prix aux vainqueurs pour lesquels la gloire est le premier de tous.

Les rites solennels sont achevés, le feu des sacrifices s'éteint, la trompette sonne, les athlètes se rassemblent. Aux éclats du signal connu, un enthousiasme inquiet s'allume dans ces jeunes cœurs ; c'est ainsi que le destrier frémit au premier bruit des armes.

On proposa d'abord la course de mille pas, depuis le temple de Minerve jusqu'à la place ; le plus robuste archer n'aurait pu lancer un trait à cette distance. On voit paraître dix coureurs. Ils se placent sur une ligne aux pieds du portique ; et se mesurant réciproquement des yeux avec une curiosité avide, chacun détache et jette son manteau que des esclaves ramassent. Au son de la trompette, tous s'élancent : l'espoir de la victoire se peint dans l'impétuosité de leur essor, dans l'avidité de leurs regards qui dévorent le but.

Pendant quelque temps ils courent sur une même ligne; il n'en est pas un qui dépasse l'autre. Soudain celui du milieu double le pas; ceux qui le suivent s'efforcent de le joindre, et bientôt leur bande ressemble à celle des grues qui fend les airs en dessinant un angle, alors qu'aux approches de l'automne, un instinct secret les éloigne du séjour des frimas.

Ils gardèrent pendant quelque temps cet ordre, lorsqu'à droite, le rival du premier s'élançant avec impétuosité, le laisse à son tour en arrière. L'air retentit des plus favorables applaudissements. A ce bruit, plus jaloux encore de les mériter que de remporter le prix, le jeune Grec devancé, rassemble toutes ses forces, ne court plus, mais vole et reparaît de nouveau à la tête de tous les autres : il a reconquis les suffrages universels.

Cependant son émule, conservant encore l'espérance, se précipite hors d'haleine; importuné de son souffle, celui qui précède, se retourne, lui présente le pied, le heurte, le fait tomber aux cris et au rire de la multitude, s'élance, atteint le but; il en détache la couronne de laurier, la pose sur ses cheveux et sur son front dont il essuie la sueur et la poussière; les autres abandonnent la carrière : le vainqueur était un citoyen de Ténédos, à qui son agilité avait fait donner le surnom d'Achille aux pieds légers.

CHAPITRE III.

LES CHARS.

Dᴀɴs la même enceinte paraissent, disposés pour un nouveau spectacle, six chars attelés chacun de quatre coursiers dont le pied impatient creuse la terre; un souffle enflammé sort de leurs larges naseaux; leur crinière s'agite, et leurs fiers hennissements retentissent au loin. Les cochers debout, tenant les rênes de la gauche, et de la droite le fouet menaçant, le regard fixé sur la trompette, attendent avec inquiétude le signal que doit donner le juge de la course.

La trompette sonne; les coursiers frémissants s'élancent dans la carrière; les conducteurs leur abandonnent la bride, les frappent, les animent de la voix, se penchent, soit pour les exciter de plus près, soit que la passion imprime cette attitude.

La foule dans l'attente se tait; on n'entend que l'éclat des fouets, le bruit des roues, le murmure confus des voix, et le pas retentissant des coursiers qui galopent. Les airs sont obscurcis par un tourbillon de sable. Comme la lune, roulant au milieu des nuages, se voile et se découvre tour-à-tour, ainsi on aperçoit un char briller ou disparaître dans des flots de poussière.

Attelé de coursiers blonds à noire crinière, il dépassait déja tous les autres; le conducteur se livre à l'espérance de la victoire; et pour répondre aux applaudissements, il agite en

Les chars.

On voit arriver un quadrige, trainé par quatre Chevaux blancs aux taches noires.

longs cercles son fouet retentissant; mais il est pressé par un
char aux bruns coursiers : on croit voir ceux de Pluton en-
levant Proserpine. Leur souffle semble lancer des flammes ;
leur bouche est écumante, leur œil étincelant ; ils courent,
rapides comme le vent, bruyants comme la tempête.

Déja leur tête atteignait le centre des roues du char qui
les précédait, le conducteur se retourne, son cœur palpite,
il redouble de cris auprès de ses coursiers qu'il appelle par
leurs noms. Animés par le bruit des pas de leurs rivaux,
l'oreille dressée, ils précipitent leur course ; les autres, sem-
blables à une vague poussée par un vent impétueux, dévorent
le peu d'espace qui les séparait. Pendant un trait du stade,
parcourant la même ligne, les huit têtes de chevaux parurent
n'appartenir qu'à un seul char. La victoire est indécise, les
applaudissements sont suspendus ; mais le hasard capricieux
termina malheureusement cette noble lutte.

En effet, au moment où les chevaux bruns redoublaient
d'efforts pour dépasser, et que leur roue effleurait les flancs
de leurs émules, la cheville de l'essieu, chassée par la violence du mouvement, vient frapper l'un des blonds coursiers,
qui, s'abattant aussitôt, entraîne les autres dans sa chûte.
Leur conducteur tombe ; son rival est renversé sur l'essieu
privé de sa roue et traîné dans la poussière ; tandis que,
dénué de tout espoir, il est étendu sur l'arène, le char vide
marche vers le but.

Les quatre cochers, restés en arrière, reprennent courage
au spectacle de cet accident, et, ranimant leurs espérances,
se disputent la carrière, au bout de laquelle on voit arriver
un attelage blanc tacheté de noir.

Le vainqueur se présente au dispensateur des prix, et reçoit
un casque et une cuirasse d'acier enrichie d'argent, sur la-

quelle on a gravé un quadrige en or avec cette inscription : *La gloire récompense ses amants de toutes leurs peines.* Les derniers s'éloignent pour cacher leur honte, et ceux qui ont été renversés sont secourus par les plus proches spectateurs.

Lith. de G. Engelmann.

Le Colosse ébranle, faiblit, écarte les bras, chancelle et tombe.